詩集

蜜月

千々和久幸

砂子屋書房

目次——蜜　月（Honeymoon）

装本・倉本　修

詩集

蜜月（Honeymoon）

埋草について――序詩

埋草には
出来るだけ無意味なことを記そう
この歌誌にある余白
きみの日日にある余白
わたしの生涯に降り積む余白

誰かが埋めねばならない
誰かが埋めた退屈な瑣事の断片を

誰かが思い出して読むだろう

だから誰かを信じ
誰かを裏切り
ついには薄目をあけてあなたと心中する

さりながら
どこかで辻褄が合ってしまう
余白が頼まぬドラマを生んだりする

消し忘れた無意味が
意味を孕むことがあるから
埋草には心して無意味なことを記そう

輪廻

旅とは待ち続けることだ
忘れもしない
無為が快楽であることを知った日から
見馴れた光景が腐り始めた

その日から狂気は密度を失い
惨劇のシナリオは裂け
鼻先で風車が音を立てて回った

振り返り振り返り
行為に覆い被さってくる時を確かめ
そしてここに居ることを忘れる

もうこの先
人を裏切ることも殺めることもあるまいに
歳月は花束のように手を振るだけだ

足元からずぶずぶ崩れてゆく土の底で
眼を見開いた土竜が
今生最後の旅を夢見ていた

反　歌

ナイターのにぶき光に薄目《うすめ》あけ消化試合を見ておりわれは

トリック

持主不在のスーツケースが
エスカレーターを登って行く

二階から見ていると
そいつは五階のフロアで人混みに
紛れてしまった

誰が置き忘れたのだろう
まるで意志をもつもののように

突然目の前に現れそして消えた
五階では誰が待っているのだろう
確信犯のようにそこで消えちまったのだ

引き取り手のないスーツケースが
今日もエスカレーターを登って行く

仕組まれた小さな事件のように

いつもの場所

いつもの場所に座っている
いつものビルの向こうの
いつもの夕焼け
ああその時
風景を回して乾いた声がした

いましばらくお待ちいただけますか

誰を待っている訳でもないのに
思わぬ悪意があなたを偽装する

わたしはゆっくり腰を上げ
夕焼けに一礼して
いつもの場所を離れる

やって来ない日

いやな日は大手を振ってやって来る
ごきげんな日は遠慮がちにやって来る

カレンダーが手を拱いている日
感情のない花火が爆ぜる

流れてくる日を押し戻すことは叶わぬ
黙って瞑目するだけだ

永遠にやって来ない日
やって来たことを気付かずにすむ日

否応もなくそんな日が来る
祈りを無視してやって来る

季節の奥で爆ぜる花火を横目にして

菖蒲会の傘

菖蒲会には
降っても照っても傘を持って行く
菖蒲会はわが高校の同期会
降っても照っても昼から飲む

何かをしでかすには老い過ぎ
朽ち果てるには若過ぎる

傘寿まではすることのない
水平飛行だ

とはいえこうしてはいられない
傘寿の傘には死に神が宿っているのだ

こんなことをしてはいられない
気の毒な傘！

ラストシーンは見たくない
だから降っても照っても傘を差して帰る

菖蒲は見なくとも

死ぬ練習なんぞ誰もしやしない

天敵

この国が戦争をすると決めた日
遠い砂漠で死者たちが起ち上がった
サッカー場では祖国を背負った男たちが
今日も死を賭して戦っている
戦争の天敵は戦争だから
生きるためには戦わねばならぬ

昨日のことだった
死んだ蟬を土に埋め戻したのは

今も針を刺されたまま生きている虫たちが
昆虫採集の棚で震えている

虫の正義と死者の名誉のために
磨き抜いた言葉を贈ろう

人を殺すことが快楽でなくなった日
男たちは天を仰いで神に祈った

夏の旅

帽子を阿弥陀被りにして旅に出る
ひと夏で色の褪せてしまった帽子
陽に灼かれ汗が染みとなって
庇やへりのあたりは黄色く変色している
去年の夏は妻も元気だったが
ことしの帽子を妻は知らない

短い旅を終えたら
帽子は捨ててしまおう

ぼくは帽子ではないが
帽子に気の毒な旅はしたくない

旅が終わればじきに秋
妻には黙って新しい帽子を買わねば

海への手紙

溢れる時間の海で
溺れかかったことがある
空は底抜けに青く
庭には蟬時雨が降っていた

宿題はいっこうにはかどらなかった
仕方なく英単語帳を捲ったが
頭文字だけが頭の中を回って

記憶はそこから溢れ出てしまった

あれから同じ夢を幾度も見る
記憶は気紛れに夢を行き来するが
海への手紙を出しそびれたばかりに
時間はそこに凍りついたままだ

溢れる時間の海で
ブイが見えないと魚たちが喘ぐ
だから言葉が金縛りになる
宿題は終りそうにもない

言い訳

理髪店の大鏡に
一人の老人が座っている
よくもまああこんなに遠くまで連れて来られたものだ！

美しい星を探しに来た訳ではない
出征通知に呼び出された訳でもない
きみを言い訳にしてここまで来てしまった
だから掠り傷ひとつ負わず

こうしてきみの前にいる
もう猥雑な声に振り向くこともない

嵌殺しの窓からは
区切られた空しか見えない
手に摑んでいるのは不確かな歳月の証文だ
行くところまで行くさ！
仰向けになって髭を剃られながら
老人は薄目を開けて考える

野望

見えないものは見ない
見たくないものは見ない
それがあるがままの生き方だ

だがきみは
見えるものは見なくていいと言い
見えないものを見よと言う

見えるものを見て失神した女がいる
見えないものを見て発狂した男がいる

見ることは信ずることではないから
見たいものを見る
その他にどんな生き方があろう

地球の隅には
巧妙な罠が仕掛けられているから
美しいものだけを見る

見たのち駆け出したりしてはならぬ

遠征

離れる
言葉から胸毛から
意味から井戸塀から離れる
真実から人生から夢から離れる

ありとあらゆる希望から
存在から永遠から不条理から
離れたがっている恋人から

離れる

水に浮かぶ薄い来歴を剝がし
呪文の刷り込まれた札を剝がし
剝がせるものことごとくを剝がして
ここを通り過ぎる

さようなら
声が沈んでいる沼よ
狩り獲《と》った首を提げ
朽ち果てた村を足蹴にする

写真

酔うって狂うことですか
とあなたは聞いた
酔って不機嫌になり
狂って救われることもあるさ
そう答えたのだったが
あなたは遠い目をしていた
愛って滅ぶのでしょうか
木登り魚に森は見えるのでしょうか

あなたはまた聞いてきた
蛞蝓だって鰹鳥だって
きっと永遠を夢見ているのさ
狂った時に初めて人の全貌が見え
滅んでいく過程に
陶酔があり狂気がある
そう付け加えて
激しく咳き込んだのだった

あなたはもう居ないのに
今も酔狂な旅行鞄の底で
写真の中のあなたが
笑っているような気がする

弔歌

わたしが倒れても
世界が凍りつくようなことはない
屋根の上のぺんぺん草が戦ぐだけだ

わたしが戦ったら
時間が後退りして
犀が身を起こすだろう

わたしが言葉を発したら
鍋の浅蜊も釣られて口を開き
長い触手を伸ばしてくるだろう

わたしが倒れたら
ぺんぺん草は刈り取られ
通行禁止の札が立つだろう

いつの日かわたしは倒れる
そのとき世界は弔歌を忘れ
昨日のように暮れていくだけだ

予　習

なにごとにも予習は必要だ
ある日突然妻に死なれたらどうしよう
妻はわたしに死なれたら
どう生きていくのだろう

だから予習をしておかねばならぬ
さしあたりは涙腺の教育だ
妻は台所でわたしは書斎で

悲しいふりをして何度も涙を流す

遠くで砂がこぼれ続ける
時の流れに過去も未来もない
過ぎ去って行く今があるだけ
だから妻もわたしも
風であることに気付いていなかった

この瞬時をどう生きればいい
明日のことなど口にするな
それでも必ずやってくる死を信じて
妻もわたしも
もう長いこと待っている

旅立つあなたに

こましゃくれた鸚鵡が
あなたを嗾《けしか》ける
〈肥沃な土地より痩せた土地
　痩せた土地なら耕せる〉
あなたは一度振り返り旅立った

こんな贅沢な日々は
わたしのものではない

不安があなたを苛立たせた
歪んだ夢に馴染んだ体には
身を痛めることが快楽だった

小さな虫が机の縁《へり》を這っている
何かのはずみで裏返ったりするが
自分を疑う素振《そぶ》りは見せない
晴れても曇ってもここが終の住処だ

水量豊かな河の前で
あなたは自分を嗾ける
〈好きな人より嫌な人
　嫌な人には夢がある〉

今晩は肉体労働

隣町でしこたま酒を飲み
帰りのバスに乗ったら
視界が星で覆われ前後不覚になった

だから今晩は肉体労働
まず風呂のタイルを剝がし
廊下に山積みの書籍を
五階の窓から放り投げる

さて一週間分のスクラップだが
手元が泳いで
昨日より明日が先に来る
歯を磨くか車を磨くか
冬の銀河はふらふらだ

だからバスの中ではすることがない
だから今晩は肉体労働
燃えないゴミの袋を抱えたまま
バス停に立っていると
次々に空っぽのバスが通り過ぎた
終バスはまだ？

空白のノート

男は大事そうにノートを抱えて
部屋を出て行った
妻は黙って後ろ姿を見送った

男のノートには
何が書かれているのか
男は何を書こうとしていたのか
妻は知らない

二人の間に秘密などある筈もなく
平穏に日が過ぎて行った
そうして
妻はいつか歳月の底に沈んでしまった

いつものような夕焼けが
今日は二人を隔てている
歳月はノートを封印したままである
男が妻の後を追ったのは
一年の後である

その間のことは
ノートに記されることはなかった

そうしてさらに歳月は降り積んだ

さびしい街

一日だって感動的な日はなかった
汚れた手でパンをちぎり
朝からジンを飲んだ
眠くなればその場で横になった

川獺が笑っても白樺が騒いでも
誰も気に留めない
戦争の計画が密かに進んでいることを
知らない者は居ないのに

街には同じ顔をした風車が回り
いつもの大道芸人が声を嗄らしていた

指令はまだ来ない
ゆっくり時間が回る
カフェの椅子では
好戦的な男が眠りこけている

ディナーは簡素に終ったが
一日の出来事がドラマになるには
この街はさびしすぎる
今日の思い出を
刻印してくれる者はいないか

小火

きっとボクは小火《ぼや》として
此の世に生を受けたのだろう
その証拠にボクの名前は火男
綽名は物心ついて以来
ひょっとこだった
辞書で確かめたら小火は
「大事に至らないうちに消し止めた火事」とあった
ボクが生まれた頃

父は町内の消防団の小頭を務めていた
小火は付け火だったか自然発火だったか
それ以来ボクは
両親の不始末の結果だったのではと
怯えて暮らしてきた
父は五十代で死に
母は九十八歳まで生きた
小火は宇宙の鏡に映る訳もない
ボクは発火点の低い暮らしに
自足して生きてきた
あれ以来「大事に至らないうちに」が
ボクの処世訓となった
火遊びは厳禁
お望みならここでひょっとこ踊りを披露してもいい

コーヒーの冷めないうちに

コーヒーの冷めないうちに
たぶん世界は滅ぶだろう
あなたもそう信じている

世界には今ゆるい風が吹いて
玩具のような戦争が絶えない
戦争が無くとも
自死と衰弱死の連鎖で

黙っていても世界は滅ぶ

のっぺらぼうの世界で
来る日も来る日も死骸が燃やされる
この先の運命を
占っている余裕はない

コーヒーカップの底では
無色の液体が揺らいでいる
揺らいでいるだけだ

コーヒーカップを逆さに振れば
ことの全貌が明らかになる
地球がブラックホールだということは

誰にも解っているのだから

世界はとっくに壊れて

やって来るものは見えなくとも
去っていくものは見える、か
見えていたと思うのはたぶん錯覚だ
実在も観念も
ひと連なりではない

たとえば平成が終わり令和が始まる
最初から異質の空間を

仔細ありげに論《あげつら》って何になる
たかだか鼠の糞が
戯《じゃ》れあっているだけなのに

数字の結び目が
行き違っていることは曖《おくび》にも出さない
下手な手品で悦に入ってはいるが
浮いている闇や沈んでいる宇宙に
どんな意味や根拠があるというのか

ここからは万事が爛れて見える
世界がとっくに壊れていることは
だから
明日にでも告知されるだろう

倒れないために

詩は歩きながら書けるぞ
Q氏に唆されてその気になった
だが歩き出すと
日頃の雑念が次々に噴き出してきた

詩には締切日があるぞ
と頭の上からまた声が降ってきた
ああそれには死も含まれている

と聞こえた

向こうにはきっと
乾いた草が立っている筈だ
あれから茫々五十年
首を振り湿地帯に言葉を放ってきたが
まだ当たりはない

自分の主題は自分の手で刈り取れ
ふたたびQ氏が高笑いをする
詩と死の締切りに挟まれ
今日もただ倒れないために歩く

真っ白い紙

真っ白い紙が眼の前にある
紙の上は荒涼たる冬の原野だ
あなたにだけは真実を伝えたいと
もう長いことここに座っている

ガラスの向こうでは
祭り囃子に合わせて法螺吹きが踊っている
いざ手紙を書きはじめてみると

言葉がてんでに浮いてしまう

鼠の消えた街では
顔を無くした者同士が命の軽さを論《あげつら》い
風が運んでくる妖しげな呪文に
聞き入っていた

あなたに真実が届く保証はない
この世の時間を支配しようとした者たちは
みな死に
前世からの約束事は反古にされた

気が付くと負け残りの夕焼けが
真っ白い紙をいつまでも染めていた

長い休暇——一週間の処方箋

1

パソコンのどこを叩いても
メールは来ていなかった
新型ウイルスのコロナ騒動は
暮らしと国家に都合のいい弁明を約束した
守ってばかりでは
いずれ内側から凝固してしまうだろう

何かを待っている訳ではないが
今日を終わらせるには
なにがしかの言い訳が要る
発信者がいつもわたしというのは
言い訳にも気晴らしにもならない

「詩が、追い越されていく」と
二十年も昔にきみは書いた
それなのに今では詩を抱えると沈んでいく
相変わらずわたしは
〈私小説的神話〉の囲いの中にいる

高圧線の上のしょんぼりした雲

などというメールをいつまで待つ気か

2

言葉が思想を生むことを信じるか
言葉は思想だと断言出来るか
予期せぬ非常事態に遭遇して
言葉を失うなどと言いたがるのは
殆ど少女趣味にひとしい
言葉を無くした少女は
すぐに新しい言葉が欲しくなる

そうやすやすと転ばれては
せっかくの不条理や想定外が泣こう

黴臭くとも歴史的必然という方がまだ可愛い
この町にやってきたサーカスには
手品師も道化師もいないのか

始まるべきものが
始まる前に終わってしまう
この非連続的な永遠の循環を侮るな
行きがけの駄賃に事情変更の法理を安売りするな
守る前に打って出よ
わたしが当事者であることを
きみの仲間に告げよ

3

だれも口を開かない
誰もここには来ない
パソコンの虫食い画面を黙って眺め
日がな一日　時を遣り過ごしているだけだ
在りもしない物語を紡ぎ
日に三度はきみを思っている

昨夜、わたしと絡み合ったのは
本当にきみだったか
暗いスクリーンから白い亀が這い出すと
きみは急いで帰り支度を始めた
わたしはふたたびきみに覆い被さり

亀を蹴上げたね

ああまただ
どうでもいい緊急お知らせメールは
相手と場所を選ばずにやってくる
だから昨日と今日の境目が見えなくなる
かくて三日目の処方箋は先送りされた

4

あてのない思惟は
どこまで漂流を続けるのか
卵の殻は水に沈むか沈まないのか
新型コロナウイルスの正体が未だに暴けない

近代医学も専門家も惰眠の淵に居る

愛おしい脳髄よ
こぼれつづける時を取り戻すために
専門家の曖昧な不安を書き加えるな
脳髄と祈禱師はここに居続けよ
居続けて負け続けよ

記憶は現在に埋め込まれ
現在は記憶を重力のない世界へ連れて行く
日付のないカレンダーが捲られ
山峡のタニウツギの花が目覚める朝
ホトトギスはいつもの日課をきみに託した

魂に復讐戦が可能なら
鼠の糞も一役買うだろう
腐るべきものは腐り散るべきは散り
枯れるものは枯れ逝くべきは逝き
すべての蓋という蓋が不要になっても
世界が崩壊寸前だということを
この国の誰かが告げることはない

5

世界をじっとさせておいてはいけない
と自裁した作家は書き遺した
世界より先に自分が動いて——

死後の名誉なんてくだらない
ということが解らないことがくだらない
くだってもくだらなくてもいつか死ぬ
それを今さら寒いねなど実《まこと》しやかに言い
必然を偶然にしたがるのは
凡庸な人間の常である

全員討死にせよ
広場の拡声器が昨日に向かって絶叫している
見飽きてしまった明日を
三度まで見よというのか

バルコニーの時計が逆回りしている
フィルムの中の記憶は

小心な男に節気節気に捲られるが
そこには何も写ってはいない
と口にしたら
体はいつか武者震いを止めた
このように
世紀の白日夢はまた売りに出されよう

6

暗い雨が降っている
三日も十日も小止みなく降っている
線状降水帯に蓋をされた列島の梅雨は
いつ明けるとも知れぬ

霧の向こうに霞んで見えているのは
国家というエロス
何度も首を振って
古ぼけた標識の前を通り過ぎる
何かの拍子に目覚めた感傷の虫が
また古い時代の歌をうたい始める

此奴のために
いくど無益な戦いを強いられたことか
どこにも回収されることのない物語を追って
いくど悪魔払いをしたことか
轟然と擦れ違ってその先は知れぬ

信じるとはどんな関係なのか

妖しさとはどんな罪だったか
辻褄合わせの神話はもう不要だというのに

7

海は静かに狂っている
狂いながら懸命に何かを贖おうとしている
波間に漂っているのは
わたしたちより先に発狂した者たちの屍体ではないか

きみたちの抒情詩は終わったのだ
終わったものは消えて行く
どの場面も
夢で見た光景の再現だった

何も変わらないのね
後ろで不意に母の声がする
一週間を無駄に生きたな
父が笑っている
妻は生前に愛した楡の木の下に佇んでいる

ここは廃屋だった筈だが
鳥兜の花が夜露に濡れているね

そう、今夜こそ忘れていた海への手紙を書かねば……

さあ急ごう

もう二度と会うこともあるまいと
わたしは昔の旗やアクセサリーの類いを
せっせと箱に詰めている
見古したものに用はないのだが
これほど多くの箱を
何処へ運び出せばよいものか

妻は家を出て行ったまま

未だに帰って来ない
わたしの知らない難病を苦にして
どこか遠い地で
昔の夢でもみているのか
あるいはどの箱かの隅に潜んでいるやも知れぬ

先に逝った秀才の友の顔が見える
難しい数式を解きあぐねて
自死した友も居る
アルバムを柩の中に入れて旅立った友
わたしの回りを賑やかにしてくれた者たちが
時折夢に来ては
わたしを責め立てる
おまえほど運のいい奴はいないと

そうさ
過去を一括りに縛ることが出来るのは
運のいい証拠だ
時間をかけて箱に詰めるのは
まだ夢の続きが残っているからだ
わたしの踏ん切りの悪さを
責めている暇は無い

さあ急ごう
誰かが耳元で囁く
なぜ何のために？
何処へ？
いま解っているのは

急がねばならぬということだけだ
がらくたはみんな箱詰めにして焼却せよ
いずれ妻が戻ってくる場所も
空けておかねば

たぶんわたしほど運のいい奴は居まい
ああ　だからともかく急ごう

揺らぐ影

得体の知れぬ影が
前方に揺らめいている
左右に揺れ、近づいたりずれたり
誰かがそこに居るような
時が影を操っているような

辣韮《らっきょう》の皮を剝《む》いたことはないが
辣韮を剝く猿の気持はよく解る

剝いても叩いても
果実の芯に行き着くことはない
草臥れ果てた挙げ句に
今日も数匹の猿が発狂した

向こうに揺らいでいる影は
じぶんこそが影の正体だから
言い分はこちらにあると
訴えているのだ
影には自分の正体が見えないから
偽装のしようもない

影は見る者の都合で
形を変えたりもするから

はじめから憎悪の対象にはならない
影の正体を見た者も肉声を聞いた者も居ない
それでも日は昇り時は巡る

発狂した猿は何処へ行ったのだろう
食い物に飢え棲む場所を見失い
死ぬこともならず
今も森の奥を彷徨っているのか

猿の真似をして世渡りする気は無いが
一つ向こうの道筋には
今も憧れが棲んでいる
だから追い越して行った影が
いつも後ろから追いかけてくる気がする

本当はおれたちが影だったと
猿に教えてやろうか

風見鶏

果実は内側から腐っていく
どんな果実が
どんな腐敗の過程を辿るか
という問題ではない
知れたことだが
存在するものは腐り
形あるものはいつか壊れる

遠くで風見鶏が笑っている

否定の感情もなければ
肯定の思想もない
不意に止まってしまった時計の文字盤を
黙ってなぞってみる
今日が終われば明日が来る
筋道を立てて記憶するほどのことはない

風見鶏は動きを止めた

万事が手遅れだ
とっくに解っていたのに
いまさら抗ったとて何になろう

佝僂病を病む世紀を呪って
足を引き摺って歩けというのか

風見鶏は迷惑そうに顔を顰《しか》めた

失うことによって得られるものなど
この世にある筈も無いと
本当のことを口にすれば
世界は本当に凍りつくのか
ねえ、吉本隆明よ

風見鶏はここから見えなくなった

腐敗した個所が蘇生する物語を

いまさら聞いて何になる
今は出来るだけ遠いところを
心を凝らしてただ眺めているしかない
いつの日かきっと復讐してやると

運命なんか勝手に泳がせておけばいい
人生なんか隣の猫に呉れてやることだ

さらば風見鶏！

儀式

顔を上げて腕立て伏せをする
逆立ちをして遠くの鳥居を見る
手を叩いて池の鯉を呼ぶ
これが朝毎の儀式である
人間には儀式が欠かせない

隙間だらけの日だった
進んで手出しをする気は無かった

撃たれれば
撃ち返さねばならないが
黙っていれば犬も気付くことはなかろう

歯医者は敗者と紛らわしいから
多少の痛みは堪えている
それで紛れることもあったが
今は昼寝と晩酌が生き甲斐の老耄である
スマホもラインも関係はない

真っ直ぐな道は歩きたくないね
背中がむずむずするぜ
だからといって
虚無の橋は渡るなとか

韜晦の海に漕ぎ出してはならぬとか
おまえが口にすれば恥ずかしさで全身が火照る

驕る平家蟹も久しからず
いつものように
だからおまえの乳房に触れて寝よう
これも大事な夜毎の儀式である

居眠りをしながら書いた遺書

真夜中に起き出して遺書を書く
午前一時の思想も
午後三時の死相もないものだ
わけもなく胸騒ぎがして
遺書でも書かねば寝つかれぬ

昨日からずっと気絶状態でここに居たな
酔生夢死は憧れだったが

誰も褒めてはくれぬ
生きるってまったく難儀なことだね
祭りと葬式が好きで
生前葬はとっくに済ませておいたが

会葬者の中にきみの姿はなかった
会葬者名簿は調べさせてもらったよ
きみの薄情は昔のままだったな
ま、そんなものだろう
長い間　有り難うさん

世界が振り向いてくれる気遣いも
季節が戻ってくることもない
恩義と怨恨の貸し借りには紐を掛け

別便で火葬場に送っておいてくれ
気絶したまま
この世の夢が煙になるのなら
あの世はいっそ長閑《のどか》でよかろう

言い残すことは何もない
からっと笑って消えて行こう
気息奄奄とか七転八倒などと
見え透いた演技は止めよう
ライフワークもへったくれもない
――ちぇっ、眠くなってきやがった

どうぞ安らかにお休みくださいい、か
そうきたか

もう生き急ぐことはありません、か
生前葬と同じことを言うなよ
はい、生花には生酒も添えておきます

遺書がご不満なら
こちらで手直しも致します、か
死ぬのは賑やかな方がいいね
だがさ
明日がない、来ないというのは
こんなに爽快な気分なのか

さようならバンザイ
あとは野に散れ山に咲け
かくて

遺書の第一行をまだ書きあぐねている

版　画

全力投球（好人物）
報われざる恋
全身全霊（仲間はずれ）
罰当たりの長広舌
孤軍奮闘（貧しき人々）
街角の吊り瓢簞

誠心誠意（憂い顔）
仲違いした金魚

悪戦苦闘（年中無休）
歴史は逆行する

匍匐前進（草枕の夢）
ラングーン米

週刊文春（夜明けの雷鳴）
閉店大売り出し

驚天動地（寒くない？）

ねえ、黙っていましょう

抱腹絶倒（屁の突っ張り）
割れ物直し

立身出世（軽気球）
ミイラ取りがミイラになった夢

美辞麗句（寝不足の朝）
突堤に忘れられたブラウス
八岐大蛇《やまたのおろち》（連休に伸びた髭）
電気テレビ

鞍馬天狗（食い残した草餅）
カンカン帽の昼寝

破顔一笑（永代供養）
元祖「毒饅頭」

御名御璽（自宅療養者）
遣らずの雨

あとがき

本詩集に収めた詩編は、わたしが所属する短歌結社誌「香蘭」の月々の編集の合間に、急場の埋草として書いたものである。有り体に言えばこれらの断章は、編集スタッフと談笑しながら短時間でチャラチャラ書き上げた、詩の側から見ればいささか無礼で不憫な詩編と言えようか。後半に収めた「長い休暇――一週間の処方箋」も、月々の断章を再構成したものである。

収録した作品は平成十四年（二〇〇二年）から令和三年（二〇二一年）の間に、不定期に書き散らしたものを並べた。急場凌ぎとは言え手を抜いたりおちゃらけたりして書いた訳ではないが、詩に対してなにがしかの負い目は残っている。

その負い目を軽減するために、後半にやや長めのものを新たに四編ほど加えたが、マンネリと自己模倣は覆うべくもない。

それにまさかこんな半熟卵みたいなものを、こんな時期（コロナ休暇中）に刊行することになろうとは予想だにしなかった。それもこれもわたしの敬愛する詩人である砂子屋書房の田村雅之兄の慫慂（おだて）に乗ってのことである。兄には詩篇の取捨選択から構成に至るまで、懇ろなアドバイスを頂いた。

ついでにこの不憫で不幸な詩編を勇気づけるために付言すれば、本詩集は平成十四年に刊行した詩集『ダイエット的21』に続くわたしの第五詩集ということになる。こんな閲歴に何の意味もないが、詩とわたしの負い目を眠らせるためには、無駄な呪文も書き添えておかねばならぬ。

幸いなことに散在したままになっていた詩編は、同じ編集部のキャップである市川義和さんがスクラップ・ブックに整理してくれており、本詩集にはそれを活用することにした。

加えて内容の貧弱なところは、表紙及び装幀者である倉本修氏が後押ししてくださることになった。このような皆さんのバックアップによって本詩集は日の目を見ることが出来る。

ここに記して厚く御礼申し上げる次第である。


タイトルは「埋草の彼方へ」でも良かったが、それでは愛想が無さすぎようから「蜜月」とした。ちなみにわたしの第一詩集のタイトルは『恋唄』(一九六五年刊)である。

猥雑で秩序なき時代に向かって歌った『恋唄』が至りついた『蜜月』(Honeymoon)は、いまやニヒリズムに蓋をされ凍りついたままである。絶望と狂気を飼い馴らす時間は、いくばくも残されていない。


詩が短いので飛びきり長いあとがきをと思いもしたが、世のあとがきの常で書くほどに弁明を重ねる結果になるのも業腹だから、このあたりで止めるのが埋草詩人の嗜みというものだろう。

本集に一人でも共鳴してくださる読者があれば幸いである。

二〇二一年四月末日

コロナ下ですることがない日に

千々和久幸

初出一覧

埋草について	「香蘭」二〇一四（H26）年一月号
輪廻	「香蘭」二〇一二（H24）年十二月号（「火の群れ」123号）
トリック	「香蘭」二〇一四（H26）年三月号
いつもの場所	「香蘭」二〇一四（H26）年五月号
やって来ない日	「香蘭」二〇一四（H26）年七月号
菖蒲会の傘	「香蘭」二〇一四（H26）年八月号
天敵	「香蘭」二〇一四（H26）年九月号
夏の旅	「香蘭」二〇一四（H26）年十月号
海への手紙	「香蘭」二〇一四（H26）年十一月号
言い訳	「香蘭」二〇一四（H26）年十二月号
野望	「香蘭」二〇一五（H27）年二月号
遠征	「香蘭」二〇一五（H27）年五月号
写真	「香蘭」二〇一五（H27）年七月号
弔歌	「香蘭」二〇一五（H27）年八月号
予習	「香蘭」二〇一六（H28）年六月号

旅立つあなたに	「香蘭」二〇一七（H29）年二月号
今晩は肉体労働	「香蘭」二〇一七（H29）年五月号
ノート	「香蘭」二〇一七（H29）年十一月号
さびしい街	「香蘭」二〇一七（H29）年十二月号
小火	「香蘭」二〇一九（H31）年二月号
コーヒーの冷めないうちに	「香蘭」二〇一九（R元）年九月号
世界はとっくに壊れて	「香蘭」二〇一九（R元）年十月号
倒れないために	「香蘭」二〇二〇（R2）年四月号
真っ白い紙	「香蘭」二〇二一（R3）年三月号
長い休暇——一週間の処方箋	「香蘭」二〇二〇（R2）年六月号〜二〇二一（R3）年二月号
さあ急ごう	「香蘭」二〇二一（R3）年五月号
揺らぐ影	「香蘭」二〇二一（R3）年六月号
風見鶏	書下ろし
儀式	書下ろし
居眠りをしながら書いた遺書	書下ろし
版画	書下ろし

詩集　蜜月（Honeymoon）

二〇二一年七月二七日初版発行

著　者　千々和久幸
神奈川県平塚市黒部丘六―四八―三〇八（〒二五四―〇八二一）

発行者　田村雅之

発行所　砂子屋書房
東京都千代田区内神田三―四―七（〒一〇一―〇〇四七）
電話〇三―三二五六―四七〇八　振替〇〇一三〇―二―九七六三一
URL http://www.sunagoya.com

組　版　はあどわあく

印　刷　長野印刷商工株式会社

製　本　渋谷文泉閣